Liebe
KENNT KEINE
GRENZEN

2,-

OETINGER 34

Sookee steht mit der deutshen Orthografie als restriktives Regelwerk ein bisschen auf dem Kriegsfuß und nutzt die englishe Shreibung »sh« statt »sch«, um mit der Vershriftlichung von Lautsprache zu experimentieren und im Kleinen zu kreativem Umgang mit Sprache aufzurufen!

SOOKEE

Weil Liebe knallt und das Glück zu weit ist

Mit Illustrationen von Oh So Pretty Party

OETINGER 34

Liebe KENNT KEINE GRENZEN.

1 NIMA

Es war erst ein Blick aus dem Fenster auf der Suche
nach nichts.
Es gab vieles zu denken – überall Druck und Pflicht.
Alle andern war'n fleißig und wollten gute Zensuren.
Er hingegen war bei sich und wollte nur seine Ruhe.

»Bitte bedenken Sie, es geht hier um Ihre Zukunft. Setzen Sie sich auf Ihre vier Buchstaben, decken Sie sich mit Lernmaterial ein, das Ihnen steht. Meinetwegen laden Sie sich Apps, die Sie beim Lernen voranbringen. Es ist die letzte Gelegenheit zu ermitteln, auf welche Weise Ihnen das nachhaltige Verinnerlichen neuen Wissens gelingt. Im Studium werden Sie es mir danken. Hier geht es um etwas, meine Damen und Her-

Es
WAR ERST
EIN BLICK
AUS DEM
Fenster
AUF DER
SUCHE
NACH NICHTS.

ren. Bis gleich.« Herr Maiheim beendet den ersten Teil der Doppelstunde an diesem Morgen mit den üblichen Formeln, die die Strebsamen um mich herum aufhorchen lassen.

Der Numerus clausus ist zur wichtigsten Zahl der Gegenwart geworden. BWL wollen die einen studieren: 1,8. Psychologie die anderen: 1,5. Oder Medizin: 1,1. Mir entlockt das nur ein müdes Gähnen. Mir ist nicht nach Studieren. Mir ist ja nicht mal nach Shule. Woher soll ich wissen, was ich werden will, wenn ich nicht mal so genau weiß, wer ich bin?

Filine kommt auf mich zu, beugt sich über meinen Tish. »Hast du dir die Doku angesehen?«, fragt sie.

»Welche Doku?« Ich hab keinen Shimmer, was sie meint.

»Über die Bücherverbrennung 33. Ach, Nima, ich hab dir doch gestern Abend den Link geshickt. Interessierst du dich eigentlich für gar nichts mehr?«

Ich seufze. »Doch, klar interessiert mich das. Nur halt nicht, weil wir das für die Klausur brauchen. Ich bin gestern im Netz an was anderem kleben geblieben ... Berliner Nachtleben in den 1920ern, das war echt spannend! Shätze, den Link hab ich dann übersehen.« Ich zucke entshuldigend mit den Shultern.

Filine lächelt und drückt mir einen Kuss auf die Wange. Sie duftet süß nach ihrer geliebten Pfirsich-Lotion, die sie benutzt, solange wir uns kennen. »*Berliner Nachtleben?* Du meinst Transvestitenbars und so was?«

Ich hoffe, dass sie das nicht abshätzig meint. Diese Menshen haben echten Widerstand geleistet, als die Nazis sie wenige Jahre später verfolgten.

Wenn sie das wirklich so meint, passt Filines Reaktion nicht dazu, dass sie immer gut informiert sein will. Sie ist sorgsam mit allem. Ihre Handshrift zum Beispiel ist fast ein bisschen zu gleichmäßig. Und sie ist immer ein bisschen zu gut auf den Unterricht vorbereitet und ein bisschen zu sehr darauf bedacht, alles richtig zu machen. Aber ich kenne sie nur so. Als wir in der neunten Klasse zusammenkamen, waren wir ein Riesenthema im Jahrgang. Die perfekte Filine und der verpeilte Nima. Aber es hat gehalten. Auch wenn ich mich manchmal frage, wie das für sie ist, mit jemandem zusammen zu sein, dem egal ist, was die anderen denken – wo ihr das so wichtig ist. Ich hab keinen Bock, mich alle halbe Jahre neu einzukleiden, weil irgendwas Neues angesagt ist. Außerdem hab ich die Kohle dafür gar nicht. Ich seh auch nicht ein, irgendwem nach der Shnauze zu quatshen, weil es mir irgendwelche Vorteile bringt. Ich bin kein Herdentier und erst recht kein Alphamännchen. Jetzt sind wir bald drei Jahre zusammen und werden es wahrsheinlich als Traumpaar in die Abizeitung shaffen. Kann sein, dass Filine das heimlich gut findet. Mich verbindet mit dieser albernen Abizeitung reichlich wenig.

Mit dem Stundenklingeln kommt Herr Maiheim wieder in den Kursraum. »So, verehrte Anwesende, wir fahren fort. Erfreuen Sie mich mit Ihrem Wissen. Wir knüpfen an unsere Debatte über Kästner an. Wer von Ihnen möchte denn flink das Zwishenfazit rekapitulieren?«

Was für eine Sheiße. Dieser Typ denkt tatsächlich, er sei unterhaltsam. Keine Ahnung, wieso er glaubt, er sei beliebt. Er tut immer so shülernah, dabei ist er nur ein peinlicher Erwachsener. Vor zwei Jahren hat er Filine und mich beim Sex auf dem Klo in der Sportumkleide erwisht. Er war damals noch Referendar und tat so, als wäre das kein Ding. Natürlich ist er aber ein verklemmter Spießer. Er muss im Lehrerzimmer rumgetratsht haben. Filine und ich hatten uns jedenfalls geshworen, es nicht rumzuerzählen. Und trotzdem wussten es ziemlich shnell alle auf der Shule. In der Art, wie die Sache rumging, war deutlich rauszuhören, dass Herr Maiheim unmöglich fand, dass zwei Shüler miteinander Sex hatten. Und das in der Shule! Oh mein Gott! So Moralapostel wie der sind dann meistens diejenigen, die ohne Ende bei Youporn streamen. Mir war jedenfalls nur peinlich, wie alle möglichen Jungs mir für diese Sache Props geben wollten. Mir gings ganz sicher nicht darum, irgendwen damit zu beeindrucken, dass ich mit meiner Freundin auf dem Shulklo gevögelt hatte. Es war Filines Idee. Sie fand das cool und erwachsen. Ihr ist wichtig, dass man verantwortungsvoll Sex hat. Und viel darüber spricht.

Herr Maiheim jedenfalls hat mich seitdem ganz oben auf seine Liste geshrieben. Er lässt sich kaum eine Gelegenheit entgehen, mich spüren zu lassen, dass er nichts für einen wie mich übrighat. Diese ganzen Abi-Cyborgs hier sind mehr sein Ding. Was mache ich eigentlich noch hier? Das ist also der Ort, an dem ich mich für eine Zukunft entsheiden soll. Nicht besonders inspirierend.

Ich blicke aus dem Fenster. Der Shulhof ist karg und renovierungsbedürftig. Beton, Tartan,

Sprunggrube, einfache Bänke. Vereinzelt steht jemand rauchend oder telefonierend in der Hofeinfahrt. Der Leistungskurs Sport läuft seine Runden. Weiter hinten kehrt der Hausmeister Laub.

Ich höre Filine neben mir nun shon einige Minuten reden. Ich mag ihre Stimme. Sie ist tief und ruhig.

Der Hausmeister heißt John. Ich hab ihn neulich telefonieren hören, als er neuen Sand für die Sprunggrube bestellte. Wieso trägt er bei dem Wetter nur ein Shirt? Ob er sich auch irgendwann einmal in einem Klassenraum dafür entshieden hat, Hausmeister zu werden? Ob er überhaupt die Gelegenheit hatte zu studieren? Mit welcher Ausbildung wird man eigentlich Hausmeister? John macht einen entspannten Eindruck. Nicht so verkifft entspannt, eher kraftvoll entspannt. Gut sieht er aus. Irgendwie. Recht muskulös. Sein graues Shirt sitzt ziemlich eng, und die Träger der Latzhose fallen rechts und links über die Hüften. Er könnte auch ein als Hausmeister verkleideter Stripper sein. Ich grinse in mich hinein und ertappe mich dabei, mir vorzustellen, wie sich John langsam und gekonnt in einem Spotlight aus seinem Hausmeisterkostüm shält. You can leave your hat on. Wie er seinen Blick langsam von unten nach oben wandern lässt, bis er meinen trifft. Mit geshmeidigen, kräftigen Bewegungen, die Rückshlüsse auf seine Fähigkeiten als Liebhaber zulassen, öffnet John die Gürtelshnalle. Mir wird warm. Ich ershrecke mich und blicke ruckartig nach vorn.

»Nima, Sie werden doch nicht etwa den Versuch unternehmen, mittels Unterrichtsbeteiligung Ihr Abitur zu bestehen? Oder warum shauen Sie in meine Richtung?« Herr Maiheim kassiert tatsächlich Lacher für diesen saudummen Spruch.

»Natürlich nicht. Ich hab nur gerade eine Sexphantasie von Ihnen.«

ER SAH
sonst
· NICHT ·
DIESELBEN,
SONDERN
IMMER DIE
anderen.

Der Raum tobt. Sheiße, das war keine gute Reaktion. Filine ist sichtlich irritiert über diese ungewollte Shlagfertigkeit. Sie shaut mich ganz verwundert an. Warum muss dieser Horst mich auch shon wieder aus dem Nichts rannehmen? Ich könnte kotzen. Jetzt ist es eh egal. Ich stehe auf, werfe Filine einen entshuldigenden Blick zu und gehe aus dem Raum.

Meine Güte, dieser ganze bekackte Stress lässt mich jetzt shon völlig durchdrehen. Ich gehe Richtung Toilette. So eine Kabine kann ein guter Rückzugsort sein. Ich nehme mein Handy aus der Hosentashe und scrolle durch meinen Facebook-Newsfeed. Die Eingangstür klappt, jemand kommt herein und werkelt geräushvoll am Papiertuchspender. Die Timeline gibt nichts Interessantes her. Ich spüle automatish, ohne gepinkelt zu haben, und ziehe meine Hose hoch. Noch die Finger am Gürtel, stoße ich die Tür auf und laufe auf dem Weg zum Washbecken in jemanden hinein.

»Sorry! Hi!« Ich höre eine Stimme, die noch shöner und wärmer ist als Filines.

Ich sehe auf und blicke dem Stripper direkt in die Augen. Shlagartig wird mir noch viel wärmer als vorhin. Es zieht in meiner Leiste.

Liebe kennt keine Grenzen.

2 NIMA

Das Erlebnis ist neu, seine Sinne im Wandel.
Er sah sonst nicht dieselben,
sondern immer die andern.
Nun mehr ein Mann in sei'm Fokus,
er kann es sich nicht verbieten.
Irritation für die Logik, will es gern richtig genießen.

Es ist shon dunkel draußen, ich sitze auf der Couch, den Mac auf dem Shoß. Viel zu viele Tabs sind geöffnet. Ich surfe nicht, ich tauche. Eigentlich bin ich gleich mit Filine zum Lernen verabredet. Wir wollen uns auf den Anwendungsteil im Chemietest vorbereiten.

Leider ist mir dieser Test dermaßen egal. Ich hab nichts vorbereitet, ich werde improvisieren.

Irgendwas wird mir shon einfallen. Und wenn es nur der Unterhaltung dient, wenn Herr Müller oder Herr Meier, oder wie auch immer er heißt, das Teil korrigiert.

Bist du on?, shreibt Filine.

Jup, gleich. Ich muss noch kurz was checken.

Vielleicht kann ich sie noch ein paar Momente hinhalten. Ich hab keinen Bock. Aber ich fühle mich ein bisschen shuldig wegen der Sache mit Herrn Maiheim heute Morgen. Kann sein, dass ihr das unangenehm war. Rausfinden werde ich es nur, wenn ich nachfrage. Aber das will ich gerade lieber vermeiden. Filine hat so auffällig dazu geshwiegen, dass ich davon ausgehen muss, dass sie das nicht so cool fand. Sie fühlt sich shnell in Dinge hineingezogen. Es war auch wirklich nicht besonders klug von mir, mich von diesem Idioten provozieren zu lassen.

Ich hab tatsächlich »shwul« gegoogelt. Und »gay«, »bi« und »queer«. Als könnte mir Wikipedia etwas über Homosexualität beibringen.

Ich meine, es ist das 21. Jahrhundert. Alle möglichen Leute leben offen homosexuell. Viele Menshen akzeptieren es. Abgesehen von ein paar religiösen Spinnern vielleicht, die irgendwas davon faseln, dass Gott das nicht will. Dabei kann Gott das doch sheißegal sein.

Aber tatsächlich bin ich auf ein paar krasse Seiten gestoßen. Zum Beispiel auf solche von irgendwelchen im Mittelalter hängen gebliebenen Christen, die glauben, Shwulsein könne man heilen. Es gibt religiöse Kuren und Programme, die einem das austreiben sollen. Unfassbar, dass so was nicht verboten ist. Shließlich sucht man sich nicht aus, auf wen man steht. Weder hab ich vor drei Jahren beshlossen, Filine gut zu finden, noch hab ich mir vorgenommen, John so zu sehen, wie ich ihn gerade sehe. So was lässt sich nicht an- und ausknipsen. Da ist kein Shalter. Auf den ganzen Seiten zum Thema Coming-out lässt sich vor allem nachlesen, wie shwierig alles ist, welche Fragen, Probleme und

Hindernisse auftauchen. Ich merke, dass mich das wütend macht. Warum hab ich überhaupt das Bedürfnis, dazu zu recherchieren? Müsste es nicht selbstverständlich sein, sich zu verlieben, egal in wen?

Nima, können wir loslegen?

Shon wieder Filine. Ich starre auf das blau gerahmte Chatfenster.

Am liebsten würde ich ihr shreiben, dass mir grad nichts ferner liegt, als diesen bekackten Test vorzubereiten.

Mich interessiert im Moment eigentlich nur, warum dieser Hausmeister plötzlich so shön sein muss und warum ich nicht aufhören kann, an ihn zu denken. Ich genieße das. Und andererseits brennt mir das jetzt shon total auf der Seele. Als ich mich damals in Filine verliebte, hätte ich am liebsten jedem davon erzählt. Weil es so shön war. Und so neu. Wie eine gute Nachricht, die alle Menshen glücklich macht. Ich wollte aber auf keinen Fall, dass sie den Eindruck bekommt, ich wolle angeben. Oder mich als großer Player in den Mittelpunkt stellen.

Aber wie soll ich ihr das jetzt erklären? Wenn ich plötzlich einen Mann toll finde, hat das irgendwie ja auch was mit uns zu tun. Diese Coming-out-Seiten haben wohl recht. Es ist shwierig. Ich wüsste auch gar nicht, was genau ich Filine erzählen sollte. Ich kann nicht shwul sein. Shließlich liebe ich sie. Und ich hatte nie Sex mit einem Mann. Allerdings war ich mir auch sicher, hetero zu sein, bevor ich Sex mit einem Mädchen hatte. Ab wann ist man also homosexuell? Wenn ich diese Seiten hier richtig verstehe, gibt es sogar Menshen, die sich weder als Mann noch als Frau empfinden. Was ist man dann bitte, wenn man sich in so jemanden verknallt?

Wenn ich mir vorstelle, dass John sich auszieht und mich das anmacht – reicht das shon, um shwul zu sein? Zumindest vorübergehend? Und wenn man shwul ist, wird man dann Teil einer Community? Das Internet sheint voll zu sein mit Zeug rund um gleichgeshlechtliche Lebensweisen und Regenbogen-Themen. Offenbar ist das noch viel größer als meine Aufregung, wenn ich an John denke.

Bist du nun am Start, oder was? Filine wird ungeduldig. Zu Recht.

Hey, sry. Ein besserer Einstieg fällt mir nicht ein.

Nicht so nice, dass du mich hier warten lässt.

Ich hab keinen Bock auf Scheißchemie.

Lol. Das ist mir klar. Egal jetzt. Hast du zu den Säurereaktionen shon was rausgesucht?

Mist, sie ist direkt bei der Sache. Aus der Nummer komm ich so leicht nicht raus.

Der Tab rechts neben Facebook ist eine shwule Pornoseite. Ich klicke darauf. Überall nackte Kerle. Mit Muskeln und diesem Blick. Bilde ich mir ein, dass mir das gefällt, oder hab ich wirklich Lust, das zu gucken? Ich klicke auf *Play*. Der Sound an meinem Mac ist viel zu laut, und ich drücke hastig auf den Mute-Button. Als ob Filine das hören könnte. Ich shaue gebannt auf die Bewegungen. Dann auf meinen Körper. Passiert da was? Wird mir gerade warm? Ich weiß irgendwie gar nichts mehr. Filines Nick blinkt im Facebook-Tab. Ich klicke zurück.

?

Hast du denn shon was? Ich stelle die Frage zurück, um mir einen Vorsprung zu vershaffen.

Nima, verarsh mich nicht! Ich peile, was du mit dieser Frage willst.

Ich hoffe, dass sie das als Spaß aufnimmt.

Okay, das wird mir zu doof.

Sheiße, ihr ist das alles so viel wichtiger. Wir sind hier wirklich nicht auf demselben Blatt. Ich klicke zurück auf das Video. Mir ist tatsächlich warm. Ich will das bis zum Ende sehen. Sind nur noch fünfzig Sekunden. Ich bin irgendwie beeindruckt von dem, was ich sehe.

Filines Name blinkt wieder im Tab.

Filinchen, sei nicht böse. Ich mach den Standardteil am Anfang. Die ersten paar Fragen. Und dann guck ich einfach, ob mir noch was einfällt oder nicht.

Wie du meinst. Deine Sache. Ich will das morgen gut machen.

Das wirst du auch. Wie immer. Bis morgen?

Bis morgen.

Kuss?

Na gut. Kuss.

Im nächsten Clip küssen sich die Männer auch.

Am nächsten Tag in der Shule bin ich total aufgekratzt. Ich halte nach John Ausshau. Wenn ich ihn irgendwo auf dem Gang oder im Hof sehe, hüpft mein Herz. Gerade fühlt es sich an wie eine Mishung aus Verknalltsein und Agententhriller. Wobei mein Film auf jeden Fall FSK 18 ist. Ich hab letzte Nacht sogar von John geträumt. Ich weiß nicht mehr genau, was, aber ich war in einem Garten, der ihm gehörte und in dem ich Blumen stehlen wollte. Für Filine?

Als ich mich bückte, um die Blumen zu pflücken, stand John plötzlich direkt hinter mir. Er sagte etwas – aber was bloß?

Krass, wie shnell er sich in meinem Unterbewusstsein breitgemacht hat, sodass ich nun sogar shon von ihm träume. Von einem Tag auf den anderen ist er mir auf eine merkwürdige Art total wichtig geworden.

Als ich mich nach der großen Pause auf den Weg zur Turnhalle mache, biegt er plötzlich um die Ecke und läuft wenige Shritte vor mir auf die Umkleiden zu. Er trägt einen Werkzeugkoffer. Ich kann sein Aftershave riechen. Ich atme tief ein und nehme mir fest vor, diesen Geruch nie mehr zu vergessen. Er hat einen shönen Gang. So gleichmäßig und gelassen. Er ist nicht sonderlich groß, keine 1,80. Sein Nacken ist sauber ausrasiert, seine Shultern sind breit. Er trägt ein shwarzes Longsleeve und eine dunkelgraue Arbeitshose. Er öffnet die Tür zur Jungs-Umkleide, dreht sich um, sieht mich an, lächelt, hält die Tür auf, ich nicke vorsichtig und hushe hindurch. Mein ganzer Körper kribbelt. Er hat mir die Tür aufgehalten, er hat mich angelächelt. John geht durch die Umkleide in Richtung der Turnhalle. Die Tür shließt sich hinter ihm. Ich shwebe durch meinen Film. Völlig abwesend ziehe ich mich um, während die anderen laut durcheinanderreden. Als wär ich high. Ich setze mich, trinke einen Shluck Wasser, atme durch und versuche, mich zu fassen.

Ich hab Turnen im Grundkurs gewählt. Mir ist das recht, so kann ich den coolen Typen aus dem Jahrgang aus dem Weg gehen. Filine hat sich, obwohl sie sehr klein ist, für Basketball entshieden. Sie ist shnell und zielgenau. Ihr ist egal, dass sie die ganzen Macker um sich hat.

Als ich in die Halle komme, fällt mein Blick direkt auf eine sehr hohe Leiter, die fast bis an die Decke reicht. Wir bauen wie immer im vorderen Drittel der Halle unsere Geräte auf.

»Bitte lassen Sie sich nicht vom Hausmeister stören, er sorgt für gleichmäßiges Licht in der Halle. Wir befinden uns in der dunklen Jahreszeit und wollen ja nicht, dass Sie neben die Holme greifen«, erklärt die Lehrerin, als John in die Halle kommt, auf die Leiter zugeht.

Meine Aufregung kehrt zurück, als ich mir vorstelle, dass er mich beobachten könnte, wenn ich vorturne. Ich bin gut am Reck, am Barren und an den Ringen. Der Boden liegt mir eigentlich auch. Ich merke, wie mein Blick shon wieder auf John gerichtet ist. Zum Glück fällt das nicht so sehr auf, denn fast alle, die nicht gerade am Gerät sind, shauen zu ihm hoch. Er balanciert souverän am oberen Ende der Leiter und muss sich tatsächlich noch ein gutes Stück strecken, um die Lampenverkleidung abzushrauben. Sein Shirt rutsht dabei hoch. Man kann seinen Bauch sehen. Eine shmale Spur dunkler Haare wandert gleichmäßig bis über den Bauchnabel.

»Shickes Sixpack, Herr Hausmeister«, ruft Sylvie zu ihm hoch.

ES **FÜHLT** SICH *an* **WIE** EINE MISHUNG AUS **VERKNALLTSEIN**

UND

AGENTENTHRILLER.

John hat das gehört, er grinst, aber shraubt konzentriert weiter. Ich hab das Gefühl, rot zu werden. Die Mädchen um Sylvie kichern.

»Nima, Sie sind der Nächste.«

Er muss meinen Namen gehört haben. Wenn er jetzt runtershaut, weiß er, dass ich das bin.

Ich bestäube meine Hände mit Magnesia, stelle mich ans Reck, versuche, zu John nach oben zu shielen, aber der Sichtwinkel lässt es nicht zu. Aufshwung und los gehts.

»Sehr gut gemacht, Nima. Sie haben eine einwandfreie Körperbeherrshung.«

Als ich wieder auf der Bank sitze und zu John hochshaue, sehe ich, dass er das Werkzeug hat sinken lassen. Er nickt mir anerkennend zu.

Oh – mein – Gott.

Ich versuche, nicht erneut zu ihm hinzusehen, aber es gelingt mir nicht. Auch die Mädchen sind noch immer abgelenkt.

»Is doch so, eine Mishung aus Channing Tatum und einem jungen Daniel Craig. Oder nicht?« Sylvie hat aber auch wirklich gute Laune heute.

Ich kann mir ein zustimmendes Shmunzeln nicht verkneifen. Obwohl ich das gleichzeitig ziemlich oberflächlich finde. Auch von mir. Immerhin kenne ich John überhaupt nicht – und starre ihn einfach nur an, weil ich seinen Körper shön finde.

»Findste den etwa auch hot?«, fragt Sylvie.

»Klar!«, erwidere ich und setze auf Angriff als beste Verteidigung.

Sylvie hebt die Hand und bietet mir ein High Five an. »Shwester, wir sollten mal shoppen gehen.«

Alle lachen. Ich shlage müde ein, um keine Spaßbremse zu sein, winke dann aber ab. Was war das denn shon wieder? Gut, dass Filine nicht hier ist.

Nach der Stunde helfe ich beim Abbau. Danach hab ich eine Freistunde, kann mir also Zeit lassen – und hab in der Umkleide meine Ruhe.

Während ich unter der Dushe stehe, kehrt mein Film zu mir zurück. Meine Phantasie dreht heftig auf, ungefragt. Ich muss mir gar nichts vorstellen, die Bilder shießen ganz von allein durch meinen Kopf. John betritt die Umkleide. Er stellt seinen Werkzeugkoffer neben sich auf den Boden, ohne den Blick von mir abzuwenden. Er zieht seine Shuhe, seine Socken, seine Hose aus. Dann seine Shorts. Alles wie in einer Bewegung. Er trägt nur noch das shwarze Longsleeve. Er kommt auf mich zu. Im Gehen streift er sich das Hemd über den Kopf. Die ersten Tropfen des umherspritzenden Wassers treffen seine Haut.

Ich kneife die Augen zusammen. Ich muss das hier unterbrechen. Es könnte jeden Augenblick jemand hereinkommen. Ich shaue an mir herunter. Gerade noch gut gegangen. Ich stelle die Dushe ab, greife nach meinem Handtuch, shlinge es mir um die Hüfte und gehe zu meinem Spind.

In dem Moment, in dem ich das Handtuch von der Hüfte ziehe, um mich abzutrocknen, öffnet sich die Tür zur Halle, und John steckt den Kopf durch die Tür.

Mein Film. Shon wieder. Aber diesmal ist er echt. Ich bin nackt. Ich ershrecke mich wie noch nie zuvor in meinem Leben und lasse das Handtuch fallen.

»Oh, Entshuldigung, ich dachte, ihr seid shon alle raus. Ich wollte mir nur eben zwei Spindshlösser vornehmen«, sagt John mit einer Stimme, die wie eine weiche, starke Hand klingt, die sanft, aber bestimmt zu streicheln weiß.

»Ähm, kein Thema«, bringe ich hervor und bin erstaunt, dass ich überhaupt sprechen kann.

Plötzlich geht die Tür zum Flur auf, und David und zwei andere Jungs aus dem Leistungskurs Sport kommen lachend und laut redend rein. »... jedenfalls hab ich ihm gesagt, dass er sich mit seiner shwulen Sheiße verpissen soll«, beendet einer von ihnen einen Satz.

Ich versuche panish, mein Handtuch aufzuheben, greife aber zweimal ins Leere. Als ich das Handtuch endlich wieder um meine Hüften gebunden hab, höre ich John nur sagen: »Macht nichts, dann komm ich später noch mal.«

Dieser Satz muss irgendwie zu der Pointe der drei Hinzugekommenen passen, denn sie gucken sich an und prusten los.

David sagt: »Na, Nima, wie ist er so?«

Ich gucke nur fragend.

»Sylvie hat uns gerade erzählt, dass du den Hausmeister angegeiert hast. Lass das nicht Filine rausbekommen, du Gaylord.« Die drei brechen wieder in Lachen aus.

»Alter, seid ihr sheiße, ihr dummen Kinder.« Ich könnte ihm eine drücken für diesen Spruch.

Die Tür zur Turnhalle ist zu, John ist weg. Ich ziehe mich blitzshnell an, werfe mir die Tashe über die Shulter und fege an den dreien vorbei nach draußen.

Auf dem Gang laufe ich Filine in die Arme.

»Hey, da bist du ja. Wie shön. Alles gut?« Filine gibt mir einen Kuss. »Sorry noch mal, wenn ich dir gestern mit dem blöden Chemietest auf die Nerven gegangen bin.«

»Was?« Ich weiß erst gar nicht, wovon sie redet.

»Nima, der Chat. Gestern Abend, du Verpeiler.«

»Ach ja, ich shreib das Ding nachher irgendwie. Bisschen was wird shon hängen geblieben sein.«

Filine wechselt das Thema. »Außerdem wollt ich dich fragen, ob du nächste Woche bei meinem Geburtstag dabei bist? Ich würd gern was Ruhiges machen, kleine Runde, nur meine Familie, du, Yasmin und zwei, drei andere. Die großen Partys gibts erst nach dem Abi im Sommer wieder.«

»Ja, sicher.« Filine wird siebzehn, und ich hab völlig vergessen, dass ihr Geburtstag shon nächste Woche ist. Sie ist die Jüngste im Jahrgang, weil sie die sechste Klasse übersprungen hat.

»Ich würd mich freuen, wenn du auch über Nacht bleibst und wir beide ein bisschen zu zweit feiern.« Filine hat sich bei mir eingehakt und shmiegt sich an mich an.

»Klar. Alles, was du willst.« Ich lächele sie an, aber eigentlich höre ich nur halb zu. Ob John vorhin tatsächlich meinen Namen gehört und meine Kür gesehen hat?

Liebe KENNT KEINE GRENZEN.

3 FILINE

Alles, was sie will, ist, dass alles perfekt ist.

Aber die Welt ist oft hässlich,

und der Mensh ist verletzlich.

Sie hofft, dass das nicht für die Liebe gilt.

Und vertraut nicht einmal ihrem Spiegelbild.

Ach, Nima, shon wieder so ein Gespräch, in dem du total unaufmerksam und kurz angebunden bist. Und dann vershwindest du, und ich stehe hier und werde das Gefühl nicht los, dass etwas nicht stimmt. Wir sind shon so lange zusammen und haben über die Zeit vielleicht ein bisschen Nähe eingebüßt. Wir waren shon immer vershieden. Das macht uns besonders. Du bist groß und dunkel und shlicht. Ich wirke winzig

Alles, WAS SIE WILL, IST, DASS ALLES PERFEKT ist.

neben dir. Ich muss mich auf die Zehenspitzen stellen, um dich zu küssen. Ich liebe deine philosophishe, nachdenkliche Ader, dass du dir Zeit nimmst für deine Ideen und Gedanken. Du bist jemand, der grübelt. Ein mysteriöser Einzelgänger. Und du lässt dich nicht leicht beeindrucken. Du hast noch nie viel von dir preisgegeben. Aber hier passiert gerade etwas anderes, und ich weiß nicht, was es ist. Ich hab das Gefühl, etwas falsh zu machen. Mein Tempo war shon immer ein anderes als deins. Und ja, mir ist mein Abi unheimlich wichtig. Ich will gute Noten und höre deswegen über die blöden Sprüche von Herrn Maiheim hinweg. Fühlst du dich von mir im Stich gelassen? Nimmst du mir übel, dass ich mich so ins Zeug lege? Fühlst du dich deswegen shlecht? Ich fühle mich shlecht, wenn du dich shlecht fühlst. Ich fühle mich verantwortlich.

Liegt es an mir? Es liegt bestimmt an mir.

Mir ist nach frisher Luft. Ich gehe auf den Hof. Ich bin ohnehin gleich mit Yasmin verabredet. Vielleicht hat sie Zeit, mir zuzuhören. Ich muss mit jemandem reden. Ich will dich nicht unter Druck setzen, Nima. Ich will dir nicht unrecht tun. Aber irgendwas stimmt da nicht, und vielleicht weiß Yasmin einen Rat.

Ich sehe sie mit einigen anderen bei den Fahrradständern. Ich höre ihre aufgeregten

Stimmen. Worum es wohl geht? Der Kreis sieht richtig eingeshworen aus. Ich versuche, ein paar Worte aufzushnappen. Als ich mich endgültig genähert hab, sieht mich einer von ihnen aus dem Augenwinkel, und ich höre eindeutig, wie er »Ksht!« zisht. Alle verstummen. Yasmin sieht mich nun auch und guckt ershrocken. Sie löst sich aus dem Kreis und geht rash auf mich zu. Sie gibt mir rechts und links Küsschen.

»Hallo, Süße!« Yasmin spricht ganz hoch. »Na, alles klar? Ich könnt auf jeden Fall einen Cappuccino vertragen, wollen wir gleich los und bei der Bäckerei vorbei? Ich lad dich auf einen Cupcake ein.« Sie hakt sich bei mir unter und zieht mich vom Shulhof.

»Hi! Ja, können wir machen.«

»Also, ich hatte dir doch von dieser Sache mit dem Freiwilligen Sozialen Jahr erzählt. Das ist voll gut. Es gibt in Westafrika total viele Shulen, wo sie diese Programme anbieten. Überleg dir noch mal, ob du nicht doch …« Sie plappert einfach drauflos.

»Yasmin, immer mit der Ruhe. Ich hatte ein paar anstrengende Stunden. Lass uns erst mal losgehen.«

»Okay, sorry.«

»Worüber habt ihr da gerade gesprochen?«, frage ich. »Das sah ja total geheimnisvoll aus.«

»Was? Wann? Ach so, eben. Ja, das war nur, weil diese eine Neue, die vor zwei Wochen auf unsere Shule gewechselt ist, also, die ist irgendwie total komish.« Ich merke, dass Yasmin sich irgendwas zurechtlegt.

»Wie, komish? Was hat sie denn getan?«

»Also, Josh hat erzählt, dass Alex wohl irgendwie gehört hat, dass sie wohl neulich irgendwie total abgefahren ...«

Ich unterbreche sie: »Seit wann interessiert dich solcher Gossip? Du hast doch erst vor zwei Tagen erzählt, dass die Neue supernett sei. Und jetzt machst du bei dieser Lästertruppe mit?« Yasmin lügt mich an. Sie stammelt mir hier etwas vor, das stimmt hinten und vorne nicht.

Sie shaut auf den Boden. Ich laufe shweigend neben ihr. Ich kann förmlich spüren, wie sie nach etwas sucht, was sie erzählen kann. Was ist denn nur los? Warum erzählt Yasmin nicht einfach, worum es in dem Gespräch ging? Alle verhalten sich total merkwürdig. Hab ich irgendwas gemacht, das den anderen einen Grund gibt, sich das Maul zu zerreißen? Oder haben sie über Nima gesprochen? Ich weiß, dass viele Nimas Verweigerung total krass finden und nicht verstehen, dass er das Abi so wenig ernst nimmt, sich über seine Zukunft keine Gedanken macht. Aber das ist doch keine Neuigkeit. Ist mir etwas entgangen? Nima wird doch nichts angestellt haben? Er kifft ab und zu, aber das ist ein offenes Geheimnis und kein Grund zu tusheln. Nima ist auch niemand, der auf Partys abhängt und sich irgendwie daneben verhält. Er wird doch nicht etwa eine andere haben? Dazu ist er viel zu loyal. Er liebt mich doch. Ich suche Yasmins

Wir WAREN
IMMER
VERSHIEDEN.

DAS MACHT UNS
besonders.

Blick. Aber sie shaut nicht zu mir. Sie holt ihr Handy aus der Tashe und checkt im Gehen ihre Mails.

Wenige Meter später sind wir an der Bäckerei angekommen.

»Endlich Koffein.« Yasmin stürmt in die Bäckerei.

»Yasmin, mir ist nicht nach Kuchen. Ich gehe nach Hause. Machs gut, bis morgen.« Ich bin selbst ein bisschen erstaunt, dass ich mich so abrupt verabshiede. Aber ich hab einfach keinen Bock mehr.

Zu Hause lasse ich mich aufs Bett fallen. Mir steckt der Tag in den Knochen. Ich lege meine Hände auf den Bauch, um meinen Atem zu spüren. Ich liebe Cupcakes. In den letzten Monaten war ich oft mit Yasmin in der Bäckerei, wo wir uns mit etwas Süßem belohnt haben. Das Loch am Gürtel, das ich normalerweise benutze, liegt deutlich hinter der Shnalle.

Ich stehe auf und stelle mich vor den Spiegel. Hab ich in den letzten Wochen zu wenig für meinen Körper getan? Ich hätte mehr Sport machen sollen. Aber ich verbringe im Moment nun mal viel Zeit über den Büchern. Ich hasse es, undiszipliniert zu sein. Ich hasse es, etwas an mir zu hassen. Ich will unkompliziert sein. Auch für Nima. Ich will keine Drama Queen sein. Ob ich mich deswegen nicht traue, Nima direkt anzusprechen? Ich will keine Zicke sein, keine Shlampe, keine nervige Freundin. Und ich will für meinen Freund gut aussehen. Aber was ich hier gerade im Spiegel sehe, ist nicht nur klein, sondern irgendwie auch quadratish. Ich streife mein Shirt etwas hoch und kneife mit beiden Händen in die Haut oberhalb des Gürtels. Ich kriege mehr zu fassen, als ich gedacht hätte. Nima muss das auch aufgefallen sein. Ich weiß, es ist falsh, so streng mit sich zu sein, weil es den Druck nur noch mehr erhöht,

Das
HIER IST DIE
REALITÄT.
ICH HASSE
Instagram.

aber ich fühle mich gerade elendig. Ich gehe dichter an den Spiegel heran. Ist das zu viel Make-up? Früher hab ich nie einfach über die Mascara vom Vortag getusht. Aber ich bin momentan oft zu müde, um mich anständig abzushminken. Ich sollte mein Make-up wieder etwas reduzieren. In jedem Beauty Blog ist zu lesen, dass man nicht Augen und Mund gleichermaßen betonen sollte. Ich sehe aus wie ein Clown. Kein Wunder, dass sich Nima von mir entfernt.

Ich greife mir eine Packung Öltücher und hole die ganze Farbe vom Gesicht. Darunter kommt blasse Haut zum Vorshein. Ich blicke in kleine Augen mit kurzen, hellen Wimpern. Meine Augenbrauen sind dünn und haben keine richtige Form. Mein Mund hat eigentlich keine Kontur. Ich gehe noch näher an den Spiegel heran. Meine Poren sind groß. Der Teint ist uneben. Das hier ist die Realität. Ich hasse Instagram.

Ich löse die Spange am Hinterkopf, und meine Haare fallen völlig shlaff herab. Ich will nicht, dass Nima mich so sieht. Kein Wunder, niemand will eine hässliche Freundin. Ich muss weinen.

Liebe KENNT KEINE GRENZEN.

4 NIMA

Keine Liebe für dich, hast du keine Liebe für sie.
Keine Liebe für die, die die Liebe verbieten.
Bist du Staat, Religion oder homophobe Person.
Wenn du die Liebe nicht liebst,
hast du sie nicht verdient.

Okay, ich glaub, ich hab alles: Handy, Shlüssel, meinen Kram für die Shule morgen und vor allem Filines Geshenk. Es war gar nicht so leicht, etwas Shönes für sie zu finden. Mir war gar nicht so recht klar, woran sie zurzeit Freude hat, wo sie doch voll und ganz auf die Shule fixiert ist.

Aber dann ist mir was eingefallen: Sie bekommt ein App-Abo für vershiedene Sprachen. Dann fällt sie im Sommer nach den Prüfungen nicht in ein Lernloch. Außerdem weiß ich, dass sie es blöd findet, dass immer nur English, Spanish und Französish unterrichtet wird. Sie will shon ganz lange eine Sprache mit einem anderen Shriftsystem lernen.

Ich überlege, ob ich mir etwas Besonderes, Festliches anziehen sollte, aber Filines Eltern kennen mich so, wie ich bin. In den letzten Tagen bin ich Filine gegenüber ohnehin shon unsicher, wenn ich dann noch im Hemd am Tish sitze, weiß ich gar nicht mehr, wie ich mich verhalten soll.

Auf dem Weg zu Filine läuft mir ein junger Mann über den Weg, der mich an John erinnert. Vieles erinnert mich zurzeit an ihn. Es ist nicht weniger geworden, ganz im Gegenteil. Ich shaue dem Fremden nach. Er erwisht mich dabei und lächelt mich an. Ich lächele zurück. Wow. So geht das also. John hat mich nun auch shon einige Male angelächelt. Aber alles daran ist shwierig. Dass es in der Shule passiert. Dass

WENN
DU DIE
Liebe
NICHT LIEBST,
HAST DU SIE
NICHT VERDIENT.

ich Shüler bin. Dass ich Filine immer noch nichts gesagt hab. Dass ich Angst hab, ausgelacht zu werden.

Ich klingle bei »Friederich«, ich mag Filines Nachnamen. Wenn wir eines Tages heiraten sollten, will ich unbedingt ihren Namen annehmen.

Sie öffnet die Tür, die Sonne sheint ihr ins Gesicht, sie blinzelt. Sie ist wirklich sehr hübsh. Ich gebe ihr drei Küsse, einen auf die Stirn, einen auf die Nasenspitze, einen auf den Mund. Sie shaut mich lange an. Ich kann sehen, dass sie gerührt ist. Im Augenwinkel glitzert es.

»Komm herein.« Sie deutet nach drinnen.

Ihre Eltern und ihre Shwestern sitzen am großen Esstish.

»Nanu, wo sind denn Yasmin und die anderen?«, flüstere ich ihr zu.

»Ich hab sie ausgeladen. War mir zu viel.«

Ich bin überrasht. Yasmin ist sonst immer dabei. Ob ich später fragen soll, ob sie sich gestritten haben?

»Hallo, Familie der shönsten und shlausten 17-Jährigen der Stadt!«

»Hallo, Nima! Wie shön, dich mal wieder zu sehen. Wir haben dich zuletzt öfter verpasst, wie mir sheint.« Filines Mutter nimmt mich in den Arm.

Meine Anspannung fällt langsam ab. Ich hätte also doch ein Hemd anziehen können. Alle reden munter miteinander. Filine berichtet von ihren Plänen für die Zeit nach dem Abi, ohne dass mein Gegenentwurf geshmäht wird. Über das Geshenk freut sie sich sehr. Hebräish, Russish, Arabish, Griechish – alles dabei. Sie jauchzt.

Filines Vater stolpert auf der Terrasse über den Werkzeugkoffer, als er die Torte hereinholen will. »Edith, warum hast du das nicht weggeräumt? Nachher breche ich mir noch am Geburtstag meiner Jüngsten die Knochen.«

Johns Werkzeugkoffer ist unheimlich gut bestückt und aufgeräumt. Wie wohl seine Woh-

ICH SHAUE DEM
FREMDEN
NACH.

ER ERWISHT
MICH DABEI UND
LÄCHELT
MICH AN.

ICH LÄCHELE
ZURÜCK.

Wow.

SO GEHT
DAS ALSO.

nung aussieht? Ich weiß absolut nichts über sein Privatleben. Abgesehen davon, dass er keinen Ring trägt. Aber selbst das muss nichts bedeuten. Dabei hab ich versucht, ihn zu googeln: keine nennenswerten Ergebnisse. Kein Facebook, kein Twitter, kein Instagram. Oder eben unter anderem Namen. John Sanders ist jedenfalls nicht vertreten. Wie es wäre, einen Abend mit ihm zu verbringen? Vielleicht würden wir zwei, drei Bierchen trinken oder zusammen kiffen. Vielleicht spielt er Shach. Oder er hat ein exotishes Haustier. Es duftet bestimmt gut, dort, wo er wohnt. Vielleicht hat er einen kleinen Balkon, wo er Kräuter anbaut. Er ist sicher ein guter Koch. Er würde kochen für uns, mehrere Gänge. Zum Dessert gäb es irgendwas mit heißer Shokoladensauce.

»Möchtest du noch ein Stück Torte?«

»Meinst du mich? Ja, gern. Die ist wirklich köstlich.« Ich versuche, mich wieder auf die Gespräche am Tish zu konzentrieren.

»Wollt ihr zwei heute Abend noch ausgehen?« Filines Vater greift shon zu seiner Börse. Er ist gern großzügig.

»Nein, wir bleiben hier. Ich hab keine Lust auf Leute.« Filine antwortet zügig.

Während Filine später kurz ihre Nachrichten checkt, blättere ich durch ein Magazin, das auf dem Sofa liegt. Ich lese kurz in einen Artikel rein, in dem es um die Coming-outs vershiedener Stars geht. Ob Filine den auch gelesen hat? Könnte ich das zum Anlass nehmen und ihr alles erzählen? Aber sie hat heute Geburtstag. Wenn das nach hinten losgeht, versau ich ihr den, das geht auch nicht. Außerdem weiß ich immer noch nicht so recht, was ich ihr genau sagen wollen würde. Dass ich auf den Hausmeister unserer Shule stehe? Dass ich vielleicht shwul bin oder bi oder irgendwas anderes, von dem ich auch noch nicht weiß, was es ist? Dass ich John unheimlich gerne kennenlernen würde? Dass ich von einer Affäre mit ihm träume? Dass ich aber gleichzeitig auch mit Filine zusammenbleiben will? Dass ich mir wünshe, dass die beiden Kumpels werden und es niemals Eifersuchtsszenen gibt? Dass es überhaupt möglich ist, in keine Shublade zu gehören, und dass es normal ist, wenn man mehrere Menshen gleichermaßen toll findet? Dass Neugier nicht gleich Betrug ist? Dass ich niemanden besitzen oder verletzen will? Es kommt mir vor, als würde das das shwierigste Gespräch, das mir je bevorstand.

Uns verbindet viel. Filine ist meine engste Vertraute. Meine beste Freundin und mein bester Freund. Eigentlich ist genau sie diejenige, mit der ich darüber reden könnte. Mit der ich reden möchte. Sie ist klug und einfühlsam. Sie will immer das Beste für alle. Ich ärger mich, dass mir der Mut fehlt, sie einfach darauf anzuhauen. Warum hab ich einen Kloß im Hals? Warum hab ich nirgendwo gelernt, so etwas Wichtiges zu sagen? Der Wunsh, John nahe zu sein, ist so groß, das geht nicht einfach wieder weg. Und bis dahin wird die Distanz zwishen mir und Filine nur größer, wie es aussieht. Aber mir fehlen shlichtweg die Worte.

Ich spüre, wie Filine mich beobachtet. Ich sehe sie an.

Sie shaut ernst. »Nima, du bist mir so unheimlich wichtig. Ich wünshe mir eigentlich nur, dass wir zusammen sind. Für möglichst lang. Am liebsten für immer.«

Sie klingt irgendwie traurig. Ist das der richtige Moment, um mein Herz auszushütten?

»Du bist süß, Filinchen.« Ich werde wieder die Gelegenheit versäumen, ein erwachsenes Gespräch mit ihr zu führen.

»Ich meine das wirklich ernst, Nima. Ich will mit dir unershütterlich sein. Ich will ein richtiges Leben mit dir.«

»Ich finde dich bezaubernd, Filine«, fange ich vorsichtig an. Aber dann weiß ich nicht weiter. »Ich will auch mit dir leben und mit dir frei sein«, sage ich shließlich. Dabei wäre das meine

Möglichkeit gewesen, ihr zu erzählen, was los ist. Aber mein Mut reicht nicht.

Sie setzt sich zu mir auf die Couch. Ganz dicht neben mich. Ihr Blick ist so intensiv, dass ich ihm kaum standhalten kann. »Wollen wir beide noch ein bisschen feiern?«, flüstert sie und streichelt meinen Nacken.

Das hätte ich fragen sollen. Ich merke, wie sich etwas in mir verkrampft. »Gleich, okay? Ich bin noch so voll Torte, ich wollte mir grad noch einen Likör bei deiner Mutter abholen. Willst du auch einen?« Ich kann es selbst kaum fassen, dass ich mich so billig rausrede.

Filine guckt enttäuscht. »Ja, bring mir auch einen mit, bitte.«

Als ich ins Zimmer zurückkomme, liegt sie auf dem Bett und sucht einen Film raus. Sie lässt sich den Likör reichen, ext ihn und fragt: »Noch mal die ›Tribute‹?«

»Meinetwegen gern.« Ich bin froh, dass sie mich richtig verstanden hat. Ich muss eine shreckliche Enttäushung für sie sein. Ob ich das irgendwann wiedergutmachen kann?

Es dauert nicht lange, bis ich wegshlummere.

John sitzt mir auf einer dicken weichen Matte in der Turnhalle gegenüber. Das Licht ist grell, und es ist warm.

»Kann ich Ihnen behilflich sein?« Er öffnet behutsam die Shnürung meiner Sportshuhe, lockert die Shnürsenkel und streift die Shuhe von meinen Füßen. Er umfasst meine Fesseln und greift vorsichtig in den elastishen Rand meiner Socken, rollt sie über die Fersen, zieht sie über den Spann und die Sohle und lässt sie langsam über die Zehen gleiten.

Seine Hände streichen über meine Shienbeine, Knie, Obershenkel seitlich an der Hüfte hoch zu meinem Bauch. Ich trage eine kurze Sporthose. Auch hier beginnt er, die Shleife zu lösen. Zentimeterweise. Er unterbricht die Bewegung immer wieder, um mich anzusehen. Seine Hände sind warm und fest. Sein Blick ist es auch. Ich bin zum Bersten gespannt und entsetzlich aufgeregt. Ich sehe mich um. Wir sind allein. Aber ich höre, wie jemand aus der Ferne meinen Namen ruft.

Ich versuche, mich zu orientieren, kann aber nicht ausmachen, wer mich da ruft. Ich versuche, es zu ignorieren.

John hat inzwishen die Shleife gelöst. »Darf ich?«

Ich nicke. Mein Herz shlägt wie wild. Wieder das Rufen.

»Nima?!?«

Ich shrecke auf. Ich brauche zwei Sekunden, um klarzukriegen, dass Filine im hell erleuchteten Zimmer wutentbrannt vor dem Bett steht: »John? Willst du mich verarshen?«

Sheiße, okay, ich hab geträumt, es ist nichts passiert. Ich hab nichts falsh gemacht. Ich nehme die Hände unter der Decke hervor und setze mich auf.

»Sag mal, findest du das vielleicht lustig? Ich bange um unsere Liebe, und du säuselst im Shlaf die Namen von irgendwelchen Männern und holst dir einen runter. Das kann doch wohl nicht wahr sein!« Filine ist stinksauer.

»Ich hab doch gar nichts gemacht. Entshuldige, ich hab nur geträumt. Filinchen, bitte beruhige dich. Das ist doch kein Grund, so auszuticken.« Alles, was ich jetzt sage, macht es nur noch shlimmer.

»Nur ein Traum also, ja? Na, dann bestell deinem John einen shönen Gruß und träum gefälligst bei ihm weiter. Verpiss dich aus dieser Wohnung. Jetzt!«

Sie beginnt, meine umherliegenden Sachen in meinen Rucksack zu stopfen, zieht die Decke weg und reißt die Tür auf: »Tshüss!«

Am nächsten Morgen in der Shule versuche ich, Filine abzupassen. Sie geht mir aus dem Weg. Und sie sieht müde und verheult aus. Das viele

Make-up versucht, das zu verdecken. Warum hat sie so heftig reagiert? Sie hat mich noch nie rausgeshmissen. Ich muss unbedingt mit ihr reden. Die Träume von John sind mir shön und lieb. Wenn ich könnte, würde ich ihr davon erzählen, so wie ich ihr meine Träume sonst auch erzähle. Aber diesmal geht es nicht. Sie sheint das als Verrat zu empfinden.

Wir müssen das klären. Ich hab mich extra hierhergequält, um mit ihr zu sprechen. Ich geb mir jetzt eine Stunde und versuche, Filine danach zu erwishen.

»Ey, da sitz ich immer.« David sitzt auf meinem Stammplatz.

»Du kannst gerne auf meinem Shoß sitzen.«

Dieser Idiot hat mir gerade noch gefehlt. »Ach, halt die Fresse.«

Der einzige freie Platz in der Nähe des Fensters ist in der ersten Reihe, direkt vor Herrn Maiheims Nase. Aber sheiß auf ihn und sheiß auf David und sheiß auf diese ganzen blöden Wichser, die mir meine Sheißruhe nicht gönnen. Die sollen alle mal klarkommen und chillen.

John betritt den Hof. Sofort kommt mir der Traum wieder in den Kopf. Er trägt einen Farbeimer und Pinsel und läuft Richtung Tartanbahn. Ach, John, wenn du wüsstest. Heute Nacht hast du mich verführen wollen. Leider wurden wir unterbrochen. Eines Tages vielleicht setzen wir das fort. In echt. Mit allem, was dazugehört.

»Nima, bitte nutzen Sie die Gelegenheit und machen aus Ihrer bloßen physishen Anwesenheit so etwas Ähnliches wie Unterrichtsbeteiligung. Da nicht davon auszugehen ist, dass Sie sich vorbereitet haben, gebe ich Ihnen die Chance, spontan die letzte Stunde zu rekapitulieren. Legen Sie los.«

Herr Maiheim erwisht mich eiskalt.

»Nein. Ich möchte nicht.«

»Es geht hier nicht darum, was Sie möchten oder nicht. Das ist ein Arbeitsauftrag. Wenn Sie diesen verweigern, treffen wir uns zum Ende der nächsten Pause am Lehrerzimmer, wo ich Sie über die Konsequenzen Ihres Verhaltens unterrichten werde. Also noch einmal: Fassen Sie den Diskussionsverlauf der letzten Stunde zusammen.«

»Nö.« Am liebsten würde ich mir diesen Toy mit seinem elitären Gequatshe greifen und ihm ein für alle Mal klarmachen, dass er mich in Ruhe lassen soll. Was glaubt er – dass er mich zwingen kann, hier irgendwas zu sagen? Ich hasse diesen Druck. Ich hasse diesen ganzen Abiturmist. Die Lernerei, nichts als fressen und kotzen. Ich will das alles nicht. Ich will hier nicht sein. Ich will mit diesen Menshen nichts zu tun haben. Wie kann man nur so angepasst sein? Wie David. Im Unterricht glänzt er und macht shön alles richtig, aber eigentlich ist er ein homophober Drecksack.

Ich könnte platzen. Aber es hilft alles nichts. Im Moment jedenfalls. Ich werde diese Stunde hier absitzen, in der Pause mit Filine reden und mir ein letztes Mal die Sheiße mit Maiheim reinziehen. Danach können mich alle mal am Arsh lecken.

John kniet auf der Tartanbahn und trägt weiße Farbe auf die abgetretenen Abshnittsmarkierungen auf. Er soll mich retten. Mich hier rausholen. Machen, dass das alles vorbei ist.

Als es klingelt, stürme ich als Erster raus. Ich kann im Vorübergehen hören, wie sie tusheln und meinen Namen sagen. Herrn Maiheim werfe ich einen bösen Blick zu. Dieser Hund.

Auf dem Hof shaue ich mich nach Filine um. Sie sitzt etwas abseits mit Yasmin auf einer Bank. Ich nehme meinen Mut zusammen und gehe zu ihr herüber. Ich hab mir nicht überlegt, was ich sagen will, weil ich mich nicht strategish verhalten will, als müsste ich mich irgendwie verteidigen.

Auf halbem Weg über den Hof kommt mir John entgegen. Ich kann shon von Weitem sehen, dass er zu mir shaut und direkt auf mich zuläuft. Okay, das hat es so noch nicht gegeben. Und das ausgerechnet in dem Moment, in dem ich zu Filine gehen will, um sie um ein klärendes Gespräch zu bitten. Ich shaue zu ihr. In ihrem Gesicht kann ich sehen, dass sie ganz genau mitbekommt, was sich hier gerade anbahnt.

Alles fühlt sich wie in Zeitlupe an. Ich kann John auf keinen Fall ausweichen. Er kommt immer näher. Er lächelt mich an. Filines Blick wird härter.

»Hey, na? Alles klar? Bald mal wieder am Reck?«

Ich bin total überfordert. »Ja, alles klar. Nächste Woche vielleicht.«

Wie dumm und uncool kann man nur wirken! Ich wünshte, Filine hätte uns nicht im Visier. Dann würde ich vielleicht ausführlicher antworten. Ihm meine Hilfe beim Malern anbieten. Ihn in ein Gespräch verwickeln.

»Na dann. Bis nächste Woche. Oder vorher vielleicht.« John zwinkert mir zu und geht weiter.

»Ja, bis dann.« Ich kann nicht fassen, wie krass ich das gerade in den Sand gesetzt hab.

Ich atme ein. Wende mich in Filines Richtung und gehe die letzten Shritte zu ihr. Es führt kein Weg daran vorbei.

Filine shäumt vor Wut. »Findet ihr es witzig, mich vor der halben Shule mit euren Spielchen zu demütigen?«

»Filine, da ist nichts. Wir kennen uns kaum.«

»Und warum lächelt er dich dann mit seinem sheißhübshen Gesicht an, als wärt ihr gerade aus der Besenkammer gekommen? Nima, alle anderen wissen mehr als ich! Wie konntest du mich so krass hässlich verarshen?«

Ich bekomme plötzlich Angst, dass sie mir gar nicht mehr glaubt. »Ich hab nichts mit ihm.« Klingt meine Stimme verzweifelt? Ich hole tief Luft. »Diese Idioten sind homophobe Hohlbirnen, die zwishen ihrer Leistungssheiße ab und an etwas Entertainment brauchen und deshalb irgendwelchen Unsinn über mich verbreiten.«

Filine ist nicht zu beruhigen. »Und wie erklärst du mir dann die feuchten Liebesshwüre an deinen Lover letzte Nacht?«

Wenn ich das wüsste! Wenn ich überhaupt wüsste, was los ist. »Das ... weiß ich selbst nicht so genau.« Ich stottere, fange mich wieder. »Aber bitte, können wir nicht später unter vier Augen reden? Oder jetzt irgendwo hingehen, wo wir allein sind?«

»Ich werd ganz sicher nicht deinetwegen meinen Tag über den Haufen werfen. Vielleicht melde ich mich später bei dir. Vielleicht kannst du mich aber auch am Arsh lecken.« Damit dreht sie sich um und lässt mich stehen.

Okay, das war das Shlimmstmögliche, was passieren konnte. Filine hasst mich. Und sie denkt wirklich, dass ich sie betrüge. Es klingelt zum Pausenende. Pausenende, das heißt Gespräch mit Maiheim. Das wird der beshissenste Tag ever.

Auf dem Weg zum Lehrerzimmer ist nur noch

Chaos in meinem Kopf. Ich hab keine Erwartungen mehr. Ich rechne mit allem.

Herrn Maiheims Stimme kann ich shon von Weitem hören: »Dieser Nima ist ein unvershämter Mensh. Was er sich einbildet! Ich möchte so etwas Verdorbenes wie ihn nicht mehr unterrichten. Es ist ein offenes Geheimnis, dass er homosexuell ist. Diese subversiven Ungeheuerlichkeiten, diese renitente Verweigerungshaltung, die er seit Wochen an den Tag legt – das kann ja nur einem perversen Geist entspringen!«

Kaum hat Herr Maiheim den Satz beendet, stehe ich wenige Shritte hinter ihm. Ich räuspere mich. Er dreht sich um und zuckt kurz zusammen, als er mich sieht. Ich blicke ihm fest in die Augen, shüttele angewidert den Kopf und haue ab.

Meine Füße tragen mich wie von selbst zum Lehrerparkplatz. Ich steuere auf einen grauen Kombi zu, zücke meinen Shlüssel, kratze mit aller Kraft ein flächiges Herz auf die Motorhaube. Ein paar Striche, dann steht ›pervers‹ in der Mitte der Zeichnung. Ich shaue mich nicht einmal um, mir ist es egal, ob mich jemand sieht. Sheiß doch auf alle.

Zu Hause setze ich mich vor den Laptop, öffne das Videoprogramm und starte eine Aufnahme. Mein Gesicht taucht auf dem Bildshirm auf, ein bisschen blass, die dunklen Haare hängen mir in die Stirn. So sehe ich aus – und wer ich bin, werde ich auch noch rausfinden. Jetzt sag ich erst mal den anderen, was ich von ihnen halte. »So, ihr Arshgeigen. Ich wollte euch nur wissen lassen, dass ihr mich ankotzt. Mit euerm Fleiß. Ekelhaft, wie ihr euch anbiedert. Vielleicht komm ich noch zum Abiball und wish mir mit euren tollen Zeugnissen den Arsh ab. Und was Filine und mich und John betrifft: Es geht euch einen feuchten Dreck an, wen ich ficke oder von wem ich mich ficken lasse. Ihr seid krassere

Spießer als eure beshissenen reichen Eltern. Ihr wisst gar nichts. Ich bin raus.«

Ich lade das Video in die Jahrgangsgruppe bei Facebook hoch. Dann klicke ich nach und nach auf die freundlichen, dumm grinsenden Gesichter und entfreunde alle. Was für ein gutes Gefühl. Das hätte ich viel früher machen sollen.

Aber Filine? Ich greife nach dem Handy und öffne unseren Chat. Ich shreibe ihr: »Liebe Filine. Ja, ich hab mich verliebt. Aber ich betrüge dich nicht. Aber ich shätze, ich betrüge mich selbst, weil ich bisher zu feige war, mit dir zu sprechen. Wenn du mir eine Chance gibst, kann ich mir eine Chance geben.«

WENN DU MIR EINE *Chance* GIBST,

KANN ICH MIR EINE CHANCE **GEBEN.**

7 FRAGEN AN SOOKEE

Wie würdest Du Dich mit drei Sätzen beschreiben?

© Tainted Lenses

Mutter, Tochter, Shwester, Mitbewohnerin, Freundin. Rapmusikerin, Texterin, Word-Nerd.
Gutes Essen, gute Gespräche, gute Nacht.

Warum Oetinger34?

Ihr habt mich gefragt.

Was ist das Besondere an Deinem Text?

Dass jede Person beim Lesen selbst entsheidet, was das Besondere sei.

Wieso Musik?

Rapmusik war keine geplante Entsheidung. Ich habe irgendwann damit angefangen und einfach nicht mehr aufgehört.

Welches gesellschaftliche Thema liegt Dir besonders am Herzen?

Die Gesellshaft ist wie ein Mikado-Spiel: Wenn ich an einem Thema arbeite, bewegt es andere Themen gleich mit.

Wovon träumst Du?

Freiheit, Gleichheit, Geshwisterlichkeit.

Ein Gruß an Deine Leser:

*Und ein Gruß an meine Leser*innen!*

© Zwart Fotografie

How would you draw yourself in only 3 strokes?

An arrow facing upwards, ›the only way is up‹ whoop whoop!

Why Oetinger34?

We love new challenges, so when we were asked to illustrate for this book, we said ›totally YES!‹.

What makes your illustrations unmistakable?

The mix of letters & materials.

How would it feel to live without pencil and paper?
That would be really weird, we would have to make up some other pretty illustration material or passion.

Which sociopolitical topic interests you the most?
At lunch we talk about a lot of things that are going on around the world, there is not one in specific. Almost with every subject we are amazed by how people are treating each other these days, so during the lunch we also try to come up with a plan for world peace.

What is your biggest dream?
Just happiness and a lot more love in the world.

Something you want to tell the person who bought this book:
Let love rule!

MIX
Papier aus verantwortungsvollen Quellen
FSC® C014138

Edition Oetinger34

Text und Idee von Sookee
Illustrationen von Oh So Pretty Party
Einbandgestaltung von Frauke Schneider
Satz: Arnold & Domnick GbR
Druck und Bindung: Finidr, s.r.o., Tschechische Republik
Printed 2016
ISBN 978-3-95882-032-6

Dieses Buchprojekt ist auf Oetinger34.de im Team entstanden.
Autorin: Sookee
Illustratorinnen: Oh So Pretty Party

www.oetinger34.de

Liebe
KENNT KEINE
GRENZEN